L'AVENIR

DES

ARTISTES

PAR

L. BERGERON

Membre de la Société des Auteurs dramatiques

PARIS

IMPRIMERIE Vᵉˢ RENOU, MAULDE ET COCK

RUE DE RIVOLI, 144

—

1875

L'AVENIR

DES

ARTISTES

PAR

L. BERGERON

Membre de la Société des Auteurs dramatiques

PARIS

IMPRIMERIE VEUVES RENOU, MAULDE ET COCK

RUE DE RIVOLI, 144

1875

L'AVENIR DES ARTISTES

Help your self !

Il existe des Sociétés fondées dans le double but de solidariser la défense des intérêts professionnels de la grande famille des Artistes et des Écrivains, et de venir en aide aux Sociétaires que la maladie, le chômage accidentel, les infirmités ou la vieillesse frappent d'une incapacité de travail temporaire ou définitive.

Mais, hélas ! aucune d'elles, pas même la plus ancienne, n'est assez riche pour remédier, avec toute l'efficacité désirable, aux calamités qui réclament une assistance confraternelle.

Le domaine de l'art est un champ de bataille où s'épuisent, avec une affligeante rapidité, les forces et la vie des plus robustes et des plus vaillants lutteurs.

Les subsides aux *blessés* dépassent rarement la durée de leur convalescence, et les rechutes sont nombreuses.

Quant aux *invalides*, les mieux partagés sont gratifiés d'une maigre pension alimentaire qui leur donne à peine les moyens, non pas précisément de vivre, mais de prolonger leur agonie.

Le nombre de ces pensions, qu'on pourrait tout au plus appeler des *demi-pensions*, est limité à l'importance des revenus disponibles.

Les aspirants surnuméraires en sont réduits à se nourrir d'espérances en attendant que leur tour d'inscription les appelle à recueillir, — si les privations leur en laissent le temps, — l'héritage d'un titulaire défunt.

Telle est la triste perspective qui s'offre aux artistes assez insoucieux de leur bien-être futur, et de leur dignité personnelle, pour se reposer uniquement sur la prévoyance coopérative du soin d'assurer le repos de leur vieillesse.

Loin de nous la pensée de porter atteinte à la juste réputation de zèle et de dévouement des Comités de ces Associations, et d'atténuer la reconnaissance si bien due à leur fondateur, l'estimable baron Taylor.

Ne déplaçons pas les responsabilités; ayons la franchise d'avouer que l'insuffisance des moyens d'action dont sont pourvus ces Comités provient, en grande partie, de ce que les misères fortuites et fatales ne sont pas les seules qui nécessitent leur intervention; qu'en face d'elles, et à leur détriment, il en surgit d'autres non moins poignantes, qu'un simple effort de prévoyance, durant les jours heureux, aurait à jamais conjurées.

Nous avons la satisfaction de pouvoir constater que ce reproche d'incurie ne s'applique pas à la généralité des Artistes mariés. Le dévouement conjugal et la tendresse paternelle ont développé en eux aussi fortement, et plus fortement peut-être que dans aucune autre classe intelligente de la société française, les idées de prudence et d'économie. Une légitime fierté les affermit dans l'honorable résolution de ne compter que sur eux-mêmes.

Cette élévation de sentiments les rend inaccessibles aux absurdes préjugés et aux répugnances égoïstes qu'inspirent encore à un certain monde les placements de prévoyance, si peu connus, ou si mal connus, sous le nom d'*Assurances sur la Vie*.

La liste des Artistes d'élite qui confient à cette bienfaisante Institution leur sécurité et celle de leur famille est longue, et sa publication serait d'un exemple très-salutaire, si nous n'étions arrêté par la crainte d'encourir un reproche d'indiscrétion.

§ II

L'*Assurance sur la Vie* semble, en effet, avoir été imaginée tout particulièrement dans l'intérêt des Artistes, car elle s'adapte avec une précision merveilleuse aux fluctuations si fré-

quentes de leur destinée et aux brusques élans
de leur nature fantaisiste.

Certes, le négociant, le banquier, le notaire,
l'avoué, l'avocat commettent une grave im-
prudence lorsqu'ils se privent de son secours,
par insouciance, ou pour la puérile satisfaction
de disputer à une Compagnie d'assurances la
chance d'un bénéfice minime et très-incertain
en échange de la certitude des résultats qu'elle
leur garantirait dès le premier versement. Il y
a duperie de leur part à s'infliger le souci de
gérer eux-mêmes les économies dont l'accu-
mulation projetée doit constituer ou augmenter l'héritage de leur famille. C'est tellement
vrai que, si on leur proposait de gérer, dans
ces conditions, les économies des autres, ils
n'y consentiraient pas, même pour une rému-
nération beaucoup plus forte.

Ils oublient, en outre, qu'un décès préma-
turé peut interrompre brusquement leur œuvre
inachevée, ou même à peine ébauchée, et
qu'alors le patrimoine rêvé, comme consé-
quence d'une longue série de placements, se

trouvera réduit à une somme insignifiante et, dans tous les cas, bien au-dessous de leurs espérances, tandis que ce patrimoine, nous le répétons, eût été constitué d'emblée par la simple souscription d'un contrat d'assurance.

Mais, en admettant qu'ils atteignent ou dépassent le terme moyen de la vie humaine et que, grâce à la régularité et à la sagesse de leur gestion, ils obtiennent des avantages supérieurs aux résultats garantis par une Compagnie d'assurances, la même témérité serait beaucoup plus dangereuse pour toute personne étrangère au maniement des fonds, comme le sont, en général, les Artistes.

En effet, s'il était une tâche plus difficile pour ces derniers que la préoccupation de réaliser régulièrement des économies, ce serait celle de les conserver, et surtout de les faire valoir.

L'Assurance sur la Vie est la véritable providence de ces grands enfants prodigues.

C'est aux Artistes célibataires des deux sexes

que s'adresse notre sympathique appel, et surtout aux femmes, parce qu'un revirement de vogue et de fortune est presque toujours pour elles un malheur irréparable.

Nous connaissons des Artistes, déchus avant l'âge, qui sont devenus de bons administrateurs, de fidèles caissiers, d'habiles courtiers de commerce ou d'assurances, des commis d'agents de change trouvant dans leur intelligente activité un regain d'aisance, quelquefois la richesse.

Mais quel est le sort des femmes qui survivent au prestige de leur talent ou de leur beauté sans avoir songé à se prémunir contre les accidents de cette sorte, si fréquents pourtant qu'il serait sage de les prévoir?

Le luxe et l'opulence, dont elles s'étaient fait une si douce et si charmante habitude, ne peuvent-ils pas dégénérer rapidement en une médiocrité moins dorée que celle qu'enviait Horace, puis aboutir, par une rapide transition, à une gêne avant-coureuse de l'indigence?

Les domestiques ont demandé leur compte insolemment, il a fallu les solder sans délai; les chevaux ont déserté le râtelier vide, entraînant les voitures à leur suite. Les écrins ont disparu l'un après l'autre ; les cachemires, les dentelles et ces mille chinoiseries payées naguère vingt fois leur valeur, sont enfouis dans les catacombes de ce grand collecteur qu'on appelle le *Mont-de-Piété*, d'où ils seront exhumés par une de ces pieuvres aux tentacules crochues qui achètent à vil prix les reconnaissances vainement renouvelées. Il faut quitter l'appartement somptueux pour gravir douloureusement les marches sans fin d'un cinquième étage mansardé, à un âge où les jambes sont hésitantes ; à moins qu'on ne préfère aller ensevelir, à l'abri de la malignité publique, les restes d'une vie isolée et humiliée dans un coin écarté de la banlieue, dont les derniers amis auront bien vite oublié le chemin.

Cependant, rien ne serait plus facile que d'effacer d'un horizon étincelant d'azur ce point noir dont l'importune apparition, durant

les heures de spleen ou d'insomnie fiévreuse,
trouble l'esprit même le plus insouciant.

§ III

Nous reconnaissons volontiers que la prévoyance à l'état chronique ne peut guère être
une qualité vivace et dominante chez les Artistes vraiment dignes de ce titre. Les nobles
inspirations de l'art, la passion, la poésie s'al-
lieraient mal avec les prosaïques détails quoti-
diens de l'économie bourgeoise.

Aussi, les Artistes mariés et pères de famille
ont-ils généralement la sagesse de confier à la
sollicitude de leur femme le soin d'équilibrer
le budget domestique; mais la majeure partie
des célibataires, tout en répudiant cette corvée
comme antipathique à leur nature, ont le tort
de ne la confier à personne.

Ce dédain de toute précaution pour l'avenir
est plus apparent que réel : il provient moins,

le plus souvent, d'une aveugle insouciance que d'une hésitation réfléchie à contracter des engagements sérieux, *quoique non obligatoires*, dont la longue durée effraye parce que l'instabilité de la position de l'Artiste lui laisse rarement la certitude de pouvoir y faire face avec la régularité nécessaire.

La Compagnie d'assurances sur la Vie L'ATLAS, fondée et dirigée par M. Eugène Reboul, possède parmi ses Actionnaires les plus sympathiques, un grand nombre de sommités Artistiques, Littéraires et Théâtrales. C'est en considération de cette particularité qu'elle a été choisie pour assurer une rente viagère à Mlle Déjazet. Il appartenait donc principalement à cette Compagnie d'aviser aux moyens de concilier l'hésitation légitime des Artistes avec leur besoin de prévoyance.

Dans ce but, L'ATLAS a fait établir des Tarifs spéciaux qui limitent à quelques années seulement la durée des versements nécessaires pour réaliser complétement la provision de l'avenir. (Tarif n° 1).

La quotité de ces versements, on le comprend, doit être d'autant plus forte qu'ils sont moins nombreux; mais, prélevés sur le maximum des revenus d'un Artiste à l'apogée de son talent, ils ne lui causeront ni gêne réelle ni privations.

L'assurance d'un *Capital différé*, dont il aura la libre disposition dans un délai déterminé, est préférable à celle d'une rente viagère pour l'Artiste qui n'a pas abandonné toute pensée de mariage, ou qui projette de léguer son avoir soit à des parents, soit à une personne aimée.

Dans ces conditions le Tarif n° 2 indique les résultats qu'il obtiendra, d'après son âge, relativement à l'importance et à la durée de ses versements.

Les contrats de rentes viagères ou de capitaux différés, réalisés conformément aux Tarifs n° 1 et 2, ne sont sujets à *aucune déchéance :* tout versement représente une valeur proportionnelle irrévocablement acquise.

Chaque annuité versée donne droit : A un cinquième de la rente ou du capital assuré si le contrat était libérable en cinq ans;

A un quart s'il devait être payé quatre annuités;

A un tiers s'il ne devait en être versé que trois; etc.

Il est évident que cette disposition est une garantie précieuse pour les personnes qui prévoient la possibilité d'un changement subit de position ou qui craignent de manquer de persévérance.

Ces deux Tarifs se recommandent tout particulièrement à l'attention des Artistes désireux de s'assurer un avenir paisible sans soumettre leur patience à une trop longue épreuve.

Mais ils ne conviennent, à raison de l'élévation des primes résumées en un petit nombre de paiements et dans un très-court délai, qu'aux sommités les plus richement dotées.

L'Artiste moins favorisé qui voudrait acquérir, pour l'époque présumée de sa retraite, soit
une rente viagère, soit un capital, trouvera
dans les Tarifs n°ˢ 3 et 4 le moyen d'atteindre
ce but par une série de versements plus mo-
destes, mais dont la durée exige de plus longs
efforts de persévérance.

Nous signalons le Tarif n° 5 aux Artistes qui,
libres de toute préoccupation de famille, vou-
draient augmenter leur bien être par la conver-
sion en une rente viagère immédiate de tout ou
partie du capital ou des valeurs qu'ils possèdent.

Il existe aussi des combinaisons pour les
époux sans enfants, pour les frère et sœur célibataires ou veufs auxquels il peut convenir
de solidariser leurs intérêts en constituant sur
deux têtes une rente viagère collective, immédiate ou différée, reversible en totalité ou en
partie sur la tête du survivant.

En somme, les combinaisons multiples de
l'Assurance sur la Vie s'appliquent à toutes les
situations et à tous les âges.

Nous répondrons avec empressement à toutes les questions qui pourront nous être adressées à cet égard.

Les formalités à remplir sont très-simples et n'exigent même pas la présence du Souscripteur. Il suffit d'indiquer, par correspondance, ses nom et prénoms, lieu et date de naissance, le chiffre du capital ou de la rente qu'on désire assurer, l'époque à laquelle on veut en jouir et le mode de paiement qu'on préfère, fût-ce par fractions trimestrielles ou même mensuelles, moyennant une légère différence d'intérêt sur le taux indiqué par les Tarifs.

Nous ne saurions engager avec trop d'insistance ceux des Artistes qui vivent au jour le jour, dépensant avec insouciance la majeure partie, souvent même la totalité de leurs ressources, à ne pas se laisser éblouir par la prospérité présente, comme si elle devait durer toujours.

Admettons que cette bonne chance leur échoie par une heureuse exception : les sacrifices, relativement fort légers, qu'ils auront faits dans un but de prévoyance leur procureront un surcroît de bien-être. Si, au contraire, ils subissent un revers de fortune, ils trouveront dans le contrat de rente viagère ou de capital différé la rédemption de cette déchéance.

La rente viagère acquise pour les vieux jours n'est pas seulement un préservatif contre la ruine accidentelle ou résultant d'une incapacité sénile, elle est aussi la rançon des folies de jeunesse et de la prodigalité.

S'assurer le confortable pour l'avenir, assurer le bien être de ceux qu'on a le devoir ou le désir de protéger, c'est acquérir le droit très-appréciable pour des personnes naturellement peu portées à thésauriser, de dépenser le reste de ses ressources sans danger et sans inquiétude.

TARIFS DE L'ATLAS

TARIF N° 1

RENTES VIAGÈRES DIFFÉRÉES

Annuités temporaires assurant une Rente viagère de 1,000 francs devant prendre cours à une époque déterminée.

ÂGE DE L'ASSURÉ	APRÈS 10 ANS — PRIMES PAYABLES pendant			APRÈS 12 ANS — PRIMES PAYABLES pendant			APRÈS 15 ANS — PRIMES PAYABLES pendant			APRÈS 18 ANS — PRIMES PAYABLES pendant			APRÈS 20 ANS — PRIMES PAYABLES pendant		
	3 ANS	4 ANS	5 ANS	3 ANS	4 ANS	5 ANS	3 ANS	4 ANS	5 ANS	3 ANS	4 ANS	5 ANS	3 ANS	4 ANS	5 ANS
ans	fr.	fr.	fr.	fr.	fr.	fr.	fr.	fr.	fr.	fr.	fr.	fr.	fr.	fr.	fr.
15	3.820	2.940	2.400	3.420	2.620	2.140	2.870	2.210	1.820	2.440	1.850	1.520	2.130	1.640	1.340
20	3.650	2.810	2.290	3.240	2.490	2.040	2.720	2.090	1.710	2.200	1.730	1.420	1.900	1.530	1.250
25	3.470	2.070	2.190	3.080	2.360	1.940	2.550	1.950	1.610	2.090	1.610	1.320	1.830	1.400	1.150
30	3.270	2.520	2.070	2.870	2.210	1.820	2.340	1.810	1.480	1.890	1.450	1.190	1.620	1.250	1.030
35	3.030	2.320	1.910	2.630	2.020	1.650	2.100	1.610	1.320	1.650	1.270	1.040	1.390	1.070	880
40	2.630	2.070	1.700	2.300	1.770	1.450	1.790	1.380	1.130	1.370	1.060	860	1.130	870	720
45	2.320	1 780	1.460	1.940	1.480	1.230	1.450	1.120	920	»	»	»	»	»	»
50	1.920	1.480	1.220	»	»	»	»	»	»	»	»	»	»	»	»

TARIF No 2

CAPITAUX DIFFÉRES

Annuités temporaires à payer pour un Capital de **10,000** francs.

AGE DE L'ASSURÉ	APRÈS 10 ANS PRIMES PAYABLES pendant			APRÈS 12 ANS PRIMES PAYABLES pendant			APRÈS 15 ANS PRIMES PAYABLES pendant			APRÈS 18 ANS PRIMES PAYABLES pendant			APRÈS 20 ANS PRIMES PAYABLES pendant		
	3 ANS	4 ANS	5 ANS	3 ANS	4 ANS	5 ANS	3 ANS	4 ANS	5 ANS	3 ANS	4 ANS	5 ANS	3 ANS	4 ANS	5 ANS
ans	fr.	fr.	fr.	fr.	fr.	fr.	fr.	fr.	fr.	fr.	fr.	fr.	fr.	fr.	fr.
15	2.152	1.652	1.352	1.949	1.496	1.224	1.677	1.287	1.054	1.443	1.107	906	1.304	1.001	819
20	2.131	1.637	1.341	1.927	1.480	1.213	1.656	1.272	1.042	1.423	1.093	896	4.289	990	811
25	2.120	1.629	1.335	1.915	1.471	1.206	1.650	1.267	1.039	1.420	1.091	894	1.283	986	808
30	2.112	1.623	1.330	1.899	1.459	1.196	1.648	1.266	1.038	1.410	1.084	889	1.263	972	797
35	2.103	1.616	1.325	1.883	1.447	1.180	1.629	1.252	1.026	1.368	1.052	862	1.212	932	763
40	2.002	1.607	1.317	1.864	1.432	1.174	1.556	1.196	981	1.268	989	810	1.126	865	709
45	2.003	1.540	1.264	1.767	2.359	1.115	1.449	1.114	914	1.177	905	742	1.016	781	644
50	1.898	1.465	1.205	»	»	»	»	»	»	»	»	»	»	»	»

TARIF No 3

RENTES VIAGÈRES DIFFÉRÉES

Primes annuelles assurant une Rente viagère de 100 francs à une époque déterminée.

AGE de L'ASSURÉ	APRÈS 10 ans.		APRÈS 12 ans.		APRÈS 15 ans.		APRÈS 18 ans.		APRÈS 20 ans.		APRÈS 22 ans.		APRÈS 25 ans.		APRÈS 28 ans.		APRÈS 30 ans.	
ans.	fr.	c.	fr.	c.	fr.	c.	fr.	c.	fr.	c.	fr.	c.	fr.	c.	fr.	c.	fr.	c.
21	128	01	99	25	70	88	52	35	43	25	35	84	27	32	20	58	17	30
23	125	71	97	29	69	25	50	90	41	88	34	56	26	13	19	72	16	31
25	123	26	95	19	67	47	49	30	40	39	33	15	24	86	18	59	15	26
27	120	63	92	91	65	50	47	56	38	76	31	13	23	51	17	41	14	19
30	116	23	89	04	62	17	44	62	36	06	29	17	21	38	15	56	12	51
32	112	89	86	11	59	67	42	47	34	12	27	44	19	89	14	23	11	65
35	107	17	81	13	55	55	39	03	31	07	24	71	17	58	12	86	10	27
37	102	83	77	44	52	58	36	61	28	94	22	83	16	44	11	82	»	
40	95	72	71	50	47	94	32	86	25	64	20	40	14	55	»		»	
41	93	23	69	47	46	37	31	59	24	90	19	81	»		»		»	
43	88	18	65	34	43	16	29	49	23	18	18	36	»		»		»	
45	83	08	61	03	39	91	27	43	21	45	»		»		»		»	
47	77	96	56	96	37	60	25	55	»		»		»		»		»	
49	72	80	53	57	45	14	»		»		»		»		»		»	
50	70	20	51	84	33	91	»		»		»		»		»		»	
52	66	50	48	65	»		»		»		»		»		»		»	
54	62	70	»		»		»		»		»		»		»		»	
55	60	82	»		»		»		»		»		»		»		»	

TARIF N° 4

ASSURANCE DE CAPITAUX DIFFÉRÉS

Primes annuelles à verser pour assurer **100** francs, payables après un nombre déterminé d'années.

AGE	APRÈS 10 ans.		APRÈS 12 ans.		APRÈS 14 ans.		APRÈS 15 ans.		APRÈS 17 ans.		APRÈS 18 ans.		APRÈS 20 ans		APRÈS 25 ans.	
ans.	fr.	c.	fr.	c.	fr.	c.	fr.	c.	fr.	c.	fr.	c.	fr.	c.	fr.	c.
0	6	92	5	55	4	56	4	17	3	51	3	23	2	76	1	92
1	7	24	5	79	4	74	4	32	3	62	3	33	2	84	1	96
2	7	37	5	87	4	80	4	37	3	66	3	37	2	86	1	98
3	7	47	5	94	4	85	4	41	3	69	3	39	2	88	1	99
4	7	54	5	99	4	88	4	43	3	70	3	40	2	89	1	99
5	7	59	6	02	4	89	4	45	3	71	3	40	2	89	1	99
10	7	65	6	03	4	89	4	44	3	70	3	39	2	88	1	98
15	7	57	5	97	4	84	4	39	3	66	3	36	2	85	1	96
20	7	53	5	94	4	81	4	36	3	63	3	33	2	83	1	95
25	7	51	5	91	4	80	4	36	3	63	3	34	2	83	1	93
30	7	51	5	93	4	80	4	36	3	62	3	32	2	80	1	85
35	7	51	5	91	4	76	4	31	3	54	3	22	2	69	1	74
40	7	42	5	78	4	61	4	15	9	30	3	07	2	54	1	60
45	7	19	5	57	4	40	3	95	3	20	2	88	2	56	»	
50	6	94	5	34	4	19	3	73	»		»		»		»	

TARIF No 5

RENTES VIAGÈRES IMMÉDIATES

SUR UNE TÊTE

Payables par semestre ou par trimestre sans arrérages au décès.

AGE du RENTIER	RENTE POUR UN PLACEMENT DE 100 FR.		AGE du RENTIER	RENTE POUR UN PLACEMENT DE 100 FR.	
	SEMESTRE	TRIMESTRE		SEMESTRE	TRIMESTRE
ans.	fr. c.	fr. c.	ans.	fr. c.	fr. c.
41	6 59	6 54	66	11 28	11 12
42	6 70	6 64	67	11 54	11 37
43	6 81	6 75	68	11 63	11 67
44	6 93	6 87	69	12 05	11 87
45	7 06	7 »	70	12 32	12 13
46	7 20	7 14	71	12 57	12 37
47	7 34	7 28	72	12 82	12 62
48	7 50	7 43	73	13 08	12 87
49	7 66	7 58	74	13 33	13 11
50	7 82	7 75	75	13 59	13 37
51	7 99	7 94	76	13 85	13 62
52	8 16	8 06	77	14 11	13 87
53	8 35	8 26	78	14 40	14 15
54	8 55	8 46	79	14 72	14 46
55	8 75	8 66	80	15 16	14 88
56	8 97	8 87	81	15 53	15 23
57	9 21	9 11	82	15 90	15 59
58	9 43	9 32	83	16 20	15 88
59	9 64	9 52	84	16 49	16 16
60	9 86	9 74	85	16 75	16 41
61	10 10	9 97	86	17 02	16 66
62	10 34	10 17	87	17 20	16 84
63	10 51	10 37	88	17 38	17 04
64	10 76	10 61	89	17 54	17 17
65	11 04	10 86	90	17 70	17 32

TARIF N° 6

RENTES VIAGÈRES IMMÉDIATES

SUR DEUX TÊTES

Payables par semestre ou par trimestre, sans réduction jusqu'au dernier décès.

Groupe 1

AGE de l'un des Rentiers	AGE de l'autre Rentier	RENTE pour 100 francs VERSÉS	
		SEMESTRE	TRIMESTRE
ans	ans	fr. c.	fr. c.
50	50	6 38	6 33
	53	6 54	6 49
	55	6 66	6 60
	58	6 81	6 75
	60	6 92	6 86
	63	7 07	7 01
	65	7 17	7 11
	68	7 32	7 26
	70	7 40	7 33
	73	7 51	7 44
	75	7 57	7 50
	78	7 65	7 58
	80	7 68	7 61
60	60	7 90	7 82
	63	8 22	8 14
	65	8 44	8 35
	68	8 74	8 65
	70	8 92	8 82
	73	9 15	9 05
	75	9 27	9 16
	78	9 46	9 35
	80	9 55	9 44
70	70	9 97	9 85
	73	10 41	10 27
	75	10 68	10 54
	78	11 02	11 87
	80	11 21	11 05

Groupe 2

AGE de l'un des Rentiers	AGE de l'autre Rentier	RENTE pour 100 francs VERSÉS	
		SEMESTRE	TRIMESTRE
ans	ans	fr. c.	fr. c.
53	53	6 74	6 68
	55	6 87	6 81
	58	7 07	7 01
	60	7 19	7 12
	61	7 26	7 19
	63	7 40	7 33
	65	7 53	7 46
	68	7 70	7 62
	70	7 80	7 72
	73	7 93	7 85
	75	8 »	7 92
	78	8 10	8 02
	80	8 17	8 09
63	63	8 42	8 33
	64	8 52	8 43
	65	8 62	8 53
	68	8 97	8 87
	70	9 18	9 08
	73	9 46	9 35
	75	9 62	9 50
	78	9 86	9 74
	80	10 »	9 88
73	73	10 87	10 72
	74	11 02	10 87
	75	11 17	11 02
	78	11 57	11 41
	80	11 84	11 66

Groupe 3

AGE de l'un des Rentiers	AGE de l'autre Rentier	RENTE pour 100 francs VERSÉS	
		SEMESTRE	TRIMESTRE
ans	ans	fr. c.	fr. c.
55	55	7 03	6 97
	58	7 23	7 16
	60	7 39	7 32
	61	7 47	7 40
	62	7 55	7 48
	63	7 62	7 55
	65	7 76	7 68
	68	7 97	7 89
	70	8 10	8 02
	73	8 26	8 17
	75	8 34	8 25
	78	8 47	8 38
	80	8 52	8 43
65	65	8 80	8 70
	66	8 90	8 80
	67	9 »	8 90
	68	9 12	9 02
	70	9 36	9 25
	73	9 70	9 58
	75	9 89	9 77
	78	10 14	10 02
	80	10 28	10 15
75	75	11 53	11 37
	76	11 70	11 53
	77	11 87	11 70
	78	12 05	11 87
	80	12 37	12 18

48698 Imp. Vᵉᵉ Renou, Maulde & Cock, R. Rivoli, 144, à Paris.

L'ATLAS

COMPAGNIE FRANÇAISE D'ASSURANCES SUR LA VIE

Société anonyme autorisée par le Gouvernement.

CAPITAL SOCIAL : CINQ MILLIONS

M. **J.-B. DUVERGIER,** ancien bâtonnier de l'ordre des avocats à Paris, ancien Ministre de la Justice, **Président honoraire.**

CONSEIL D'ADMINISTRATION

MM. **Th. VERNIER**, ancien Vice-Président du Corps législatif, ancien Conseiller d'Etat. **Président.**

Victor BORIE, Administrateur de la Société financière.

Jules CHAGOT, ancien Député, Gérant de la Société des Mines de houille de Blanzy.

Max. KANN, Banquier à Paris.

TARNIER, Chirurgien des Hôpitaux de Paris.

E. PELOUZE, Administrateur de la Compagnie parisienne du Gaz.

SAINT-AMAND, Avoué honoraire à Paris.

E. LEHIDEUX, Banquier à Paris.

Directeur de la Compagnie :

M. Eugène REBOUL.

L'ATLAS fait partie du Comité des anciennes Compagnies.

PARIS

12, Rue de Lafayette, 12.

OUVRAGES A CONSULTER

Question d'Argent, — l'Assurance, par Edmond About.

Qu'est-ce que l'Assurance sur la Vie ? Causeries familières (18ᵉ édition), par L. Bergeron.

La Morale de l'Assurance (8ᵉ édition), par M. Eugène Reboul, Directeur de l'*Atlas*, Compagnie française d'Assurances sur la Vie.

L'Avenir des Familles (4ᵉ édition), par L. Bergeron.